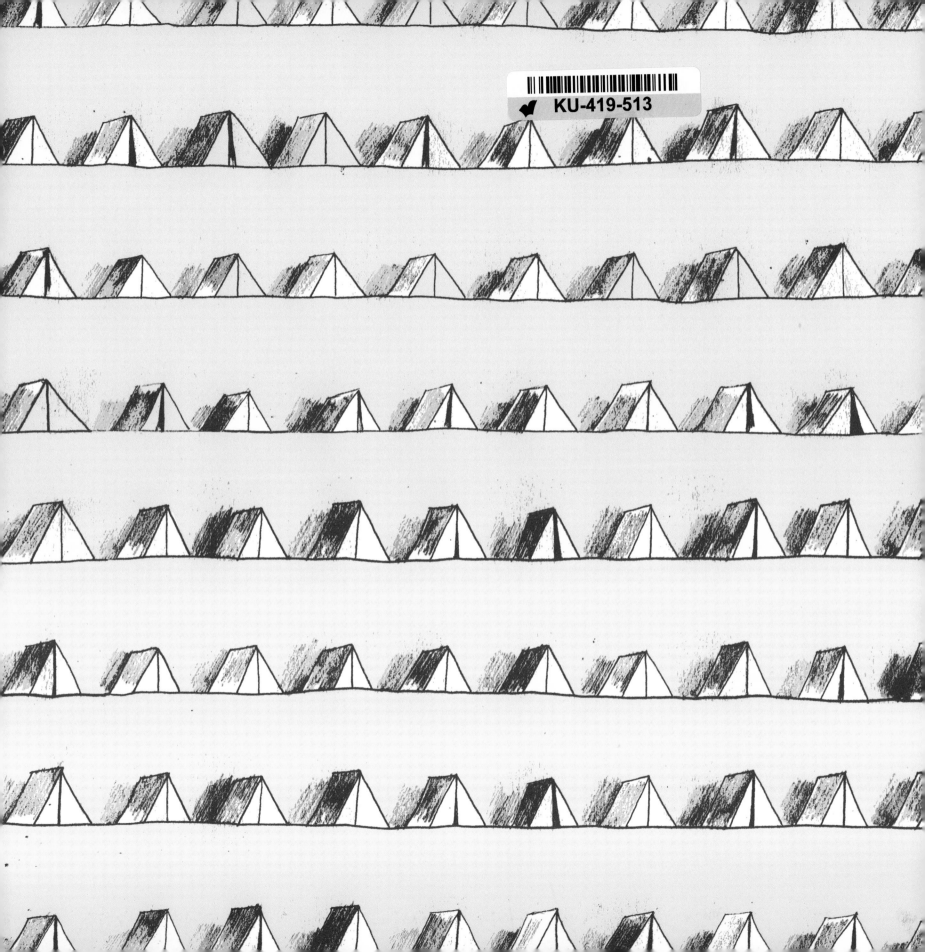

Pour Rosie, Frankie et John.

K. M.

Une partie des recettes
de ce livre sera reversée
à **France terre d'asile**

Pour l'édition originale, publiée au Royaume-Uni en 2017 sous le titre *My Name Is Not Refugee*
© The Bucket List, une marque de Barrington Stoke, 18 Walker Street, Édimbourg, EH3 7LP
Texte et illustrations © 2017 Kate Milner
Tous droits de reproduction réservés.

Pour l'édition française :
© 2023, La Martinière Jeunesse, une marque des Éditions de La Martinière, 57 rue Gaston-Tessier, 75019 Paris
Conforme à la loi n° 49-956 du 16 juillet 1949 sur les publications destinées à la jeunesse.

ISBN : 979-10-401-1376-8
Dépôt légal : février 2023
Achevé d'imprimer en Slovénie, décembre 2022, chez DZS
www.editionsdelamartiniere.fr

KATE MILNER

RÉFUGIÉ N'EST PAS MON NOM

traduit par OLIVIER ADAM

LA MARTINIÈRE
JEUNESSE

On va devoir partir, m'a dit maman,
c'est devenu trop dangereux ici.

Tu veux que je t'explique
comment ça va se passer ?

Nous dirons au revoir à nos amis.

Tu devras préparer ton sac, mais attention,
tu le porteras toi-même, alors il ne faudra pas
qu'il soit trop lourd.

Réfléchis bien
à ce que tu veux
emporter.

Nous dirons adieu à notre ville.

Ce sera à la fois triste et excitant.

Pendant notre voyage, il n'y aura ni eau du robinet, ni personne pour ramasser les poubelles. Ça ira quand même ?

Il nous faudra marcher, marcher, marcher.

Et danser, et courir, et même faire du skate si tu en as envie.

Souvent, nous devrons attendre, attendre, attendre.

Et ce sera long, long, long.

Mais nous repartirons et nous marcherons, marcherons et marcherons encore.

À ton avis, jusqu'où irons-nous ?

Le plus souvent, il n'y aura que toi et moi.

Tu t'ennuieras peut-être un peu.

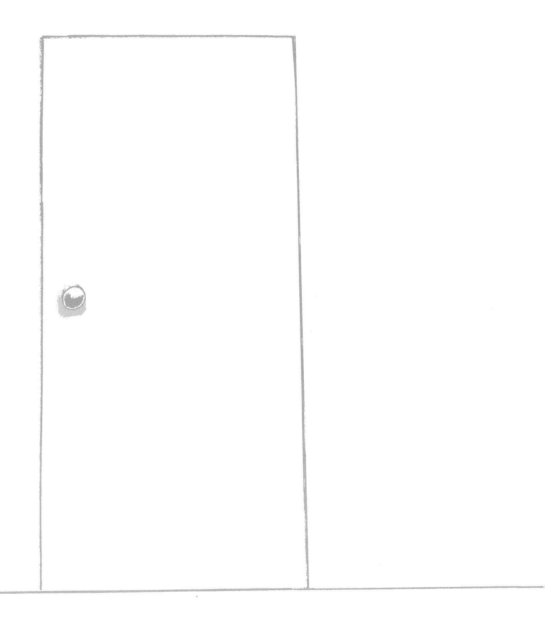

À quoi joueras-tu
pour te distraire ?

Parfois, il y aura d'autres gens avec nous.

Promets-moi de toujours
tenir la main d'un adulte
quand je te le demanderai.

Nous verrons plein de choses passionnantes.

Tu aimes toujours autant
les voitures ? Et les camions ?

Nous dormirons où nous pourrons.
Ce ne sera pas toujours très confortable.

Es-tu prêt à te brosser
les dents ou à changer
de pantalon devant tout
le monde ?

Les gens parleront d'autres langues que la nôtre.

Combien de mots
étrangers
connais-tu ?

Et nous goûterons des tas
de nouveaux plats.

Quel est le truc le plus
bizarre que tu aies
jamais mangé ?

Une fois loin du danger,
nous nous arrêterons et nous pourrons
enfin défaire nos bagages.

Pense à prendre
avec toi des objets
qui te rappelleront
la maison.

Et bientôt, tu commenceras à comprendre
ce que diront les gens autour de toi.

Certains t'appelleront Réfugié,

mais souviens-toi :

Réfugié n'est pas ton nom.